KB175712

엘리트 시선 30

민병재 제2시집

엘리트출판사

이 도서의 국립중앙도서관 출판예정도서목록(CIP)은
서지정보유통지원시스템 홈페이지(http://seoji.nl.go.kr)와
국가자료종합목록 구축시스템(http://kolis-net.nl.go.kr)에서 이용하실 수
있습니다. (CIP제어번호 : CIP2019032421)

장미 눈부시게 핀 날

민병재 제2시집

엘리트출판사

책머리에

능소화가 담장마다 주홍색 미소를 보내고 있는 이 계절에 두 번째 시집(詩集)을 상재(上梓)한다.

정신없이 살아온 지난날들을 돌아보며, 마음속의 언어를 형상화 시켜 잡풀을 뽑고, 또 뽑았어도 모자람이 보인다. 시(詩)밭에 발 담그고, 고행(苦行)의 길에서 허덕인다.

아픔과 가슴앓이로 한 편의 시(詩)가 되어 완성되면 보람을 느끼지만, 나에겐 아직도 먼 길인 것 같다.

여기저기 흩어져 있는 시(詩) 작품들을 찾아 시집(詩集)을 내려니, 얼굴이 붉어진다. 제2시집을 내게 된 모티브는 황혼(黃昏)이 짙어지기 전에, 또 하나의 시집(詩集)이라도 내야겠다는 나의 마음에서다.

내 글이 독자들에게 얼마나 읽힐까? 얼마나 도움을 줄까? 하는 게 의문이다. 그러나 나는 더욱 더 갈고 닦아 좋은 시(詩)를 쓸 것을 다짐한다.

작품해설을 써 주신 이성교(李姓敎) 교수님께 머리 숙여 감사드린다.

또한 '엘리트 출판사, 청계문학 장현경 회장님과 마영임 편집국장께도 감사드린다.

아울러 이 책을 내도록 늘 보살펴 주신 남편께도 감사드린다.

2019년 여름 '낙암서재'에서
혜허 민 병 재

민병재 제2시집 '장미 눈부시게 핀 날' 출판을 축하하며

향강 張 貞 文
(철학박사. 시인. 소설가)

시인, 수필가인 혜허 민병재 님의 두 번째 시집 '장미 눈부시게 핀 날'의 원고들을 읽어보았다. 이 시집출판을 진심으로 축하한다. 남달리 시재(詩才)가 영명영특(英明英特)한 민병재님이라 이 시집이 많은 애독자들에게 읽혀져, 고맙고 좋은 선물이 될 것을 확신한다.

민시인은 먼저 수필문학으로 수필집을 두 번 세상에 내놓아 많은 환영과 찬사를 받은 문인인데 시문학으로도 빛을 보았다. 그의 시비(詩碑)는 2015년 5월 30일에 그의 시댁 한산이씨 종친회에 의해 세워졌다. '경기도 여주시 가남읍 안금리'에서 거행된 시비(詩碑) 제막식(除幕式)에 많은 축하객들과 함께 나도 그 자리에 참석해서 축사를 했다.

민 시인은 역사(歷史) 시(詩) '목은(牧隱) 선생을 기리며'를 써서 '민병재 제1시집'인 '하얀 수국(水菊)'에 수록함으로서. 모두 3편의 역사시가 알려져 있다.

민병재님의 문학적 공헌과 영광은 그의 시, '비운(悲運)에 가신 황후님'과 '삼군부 총무당'이라는 제목으로 족자를 만들어, 문화재의 승인을 받고 게시되어 있다. 그가 언제나 고마워하면서도 슬퍼, 가슴아파하는 이조 말, 비운(悲運)의 명성황후(明成皇后)를 기리는 마음의 글이다. 얼마나 기쁘고 자랑스러운가. 이 기쁨과 영광은 시인 자신만이 아니라 우리 한국인들, 특히 한국문인들에게도 주어진다.

민병재 시인의 일생은 민(閔)씨 가문의 자랑이다. 그래서 그 애국 구국적 희생인 명성황후를 추앙하며 글을 썼다. 이 나라의 조선 말기 고종의 황후를 잔인하게 살해한 일본제국주의자들의 침략과 만행, 오랜 식민지 지배를 미워하고 저주한다.

이 글을 쓰는 나 향강도 일제침략자의 그 가혹한 비인간적 야만행위를 미워하며 참지 못한다. 그런데 이 악독한 침략자 일본이 21세기 초기인 오늘날에도 우리에게 그 과거를 사죄하기는커녕 지금도 그 악랄한 탐욕과 야욕을 나타내고 있다. 일본은 언제나 호심탐탐 한반도를 탐내고 있다.

애국애족적인 민병재시인은 명성황후뿐만 아니라 가정적으로도 현모양처로서 한산이씨(韓山李氏) 시가(媤家)에도 모범을 보이고 있다.

이제 새롭게 나오는 시집 '장미 눈부시게 핀 날'의 제4부에 들어있는 시 한편을 인용하고 이 글을 마치려고 한다.

성북동 길을 걸으며

상쾌한 아침을 연다
전깃줄에 앉아 있는
참새늘

귀도 눈도 입도 없는 들풀
밝은 햇살 눈부시어
숨죽이는 낙엽

상수리 숲
다 떨군 잎새
북악산 명산의 자태

굽잇길에 옛길 돌고 돌아
고택(古宅)의 운치를 더한다

성북동 길
추억 고스란히 담겨
옛 꽃을 피운다.

　이 시는 5단 3행의 압축된 시이지만 그 내용과 표현, 의미는 깊고 풍성하다. 자연을, 계절과 역사를 의미심장하게 그려내고 있다. 이 표현들은 의인화(擬人化)가 멋지게 아름답고 특이하다.

　귀도 눈도 입도 없는 식물이라든지, 숨죽이는 낙엽, 고스란히 담겨 등 자연을 의인화(擬人化), 의태(擬態), 의성(擬聲)으로 우리의 눈과 귀에 보이고 들리게 한다. 민병재 시인의 타고난 시재(詩才)이고 글의 미(美)라고 생각한다.

2019년 7월 27일
용인 수지에서

장미 눈부시게 핀 날

눈부신 오늘
산기슭 양지쪽
붉은 장미 지천으로 피었네

임 그리워 붉게 물들었나
송이송이
물결 이루고

다발다발 꽃피우려
찬바람 견디며
산고(産苦) 끝에 꽃피웠네

누구를 기다리는지
긴 목 내밀고
울 너머 바라보네

맑은 햇살 아래
묻어나는 꽃내음
온통 천지가 향기롭네.

제1부 봄이 피는 소리

제2부 고향의 가을

제3부 그곳에 가 보니

제4부 낙산(居室)에 올라

제5부 거실(居室)에 핀 꽃을 보며

제6부 풍년(豊年)을 바라보며

민병재 제2시집

제 **1** 부

봄이 피는 소리

멀리 남쪽에선
홍매화 피는 소리.

봄이 피는 소리

계절이 울을 넘고 있네

입춘(立春) 지나니
연두빛 새싹

쏘옥쏘옥
무거운 흙덩이 밀고
기지개 켜네

이곳저곳 아우성
차가운 바람
아직 살갗 스치는데

멀리 남쪽에선
홍매화 피는 소리.

봄을 기다리는 나무

문풍지 황소바람
옷 속으로 스며들고

어둑어둑 노을 지면
이슥한 밤 눈보라 휘날려
떨고 있는 나무들

칼바람 속에도
자연만이 쓸쓸히 터를 지키고
갈대는 소중한 환생을 생각한다

선채로 견디어내는 아픔
훌쩍 지나간 세월
초록 잎 틔우던 그날들
텅 빈 외로움

나뭇가지에 조롱조롱 하얀 눈꽃
떨어진 낙엽 바라보며
다가올 봄 기다린다.

봄소식

비는 그치고
붉은 햇덩이
온 누리를 비추네
연둣빛 새싹 기지개 켜고

낮은 산비탈
앙증맞은 바위곰취
향이 짙은 고향의 쑥
쏘옥쏘옥 보송보송
뽀얀 속살 내민다

풀잎소리 보조개 자디잔 몸매
낙산 성 아래 봄기운 완연하다
머지않아 하양 빨강 꽃
다발다발 피겠지

새들도 멋 내기로 제 깃털 고르네
바람은 나무 뒤에 숨어
오도 가도 못하네.

눈길에서

아슬아슬한 길
설설 긴다

대관령 고갯길
펑펑 내리는 눈길
이리저리 미끄러져

으스대던 외제차
자존심 어디 갔나

조마조마
좁아진 마음
모두 한마음

자연 앞에서
낮아진 마음.

봄눈
- 왕송(旺松) 호숫가에서

봄이 징징 울고 있다

계절을 모르는 눈
춘삼월(春三月) 펄펄 내린다
그리움 이었나보다

칼바람
꽃샘추위에 걸터앉아 홍매화
온몸을 떨며 몸부림치고 있다

찻잔 속의 빈 공허(空虛)
흘러가는 구름도 낯설어

주인 없는 배 한 척이
외로움을 달래며
바람 싣고 간다

어릴 때 손 시려
벙어리장갑 끼고
눈사람 만들던 그 환영(幻影)
봄 안개로 피어오른다.

새봄

붉은 색 햇님
웃으며 솟아오른다
어느새 봄인가

살구나무
참새들 마실 와
재잘재잘

화분의 파란 새싹
봄내음 몰고 오네
하늘엔 꽃구름
산골짜기 졸졸 물소리

하늬바람 나풀나풀

무거운 흙덩이
이고 나온 어린 새싹
봄이 오니 동이와 뛰놀던
버덩이 그립다.

삼월은

삼월은
마음을 비우는 달

햇님을 바라보며
테라스에 모여모여
꽃 피우는 달

온갖 새들 마실 와
지절대면
파아란 미소

꽃 잔치를 벌이면
흘러가는 구름도
발길을 멈추는 달

다가오는 봄

소식 한 자 없이
산길 타고 내려오는 봄
동산에 봄을 뿌리고

겨우내 웅크린 풀섶
톡톡 파아란 잎새
앙증맞은 난쟁이 꽃

뉘라서 막을손가
성큼성큼 다가오는 이 봄을.

꽃피는 봄이 오면

꽃피는 봄이 오면
봄바람 살랑살랑

여름이면
장맛비 주룩주룩

가을되면 코스모스
가는 허리 한들한들

겨울이면 하얀 눈
송이송이 사락사락 내리네

봄여름 가을 겨울
사계절 모두가 낭만일세.

오월이 오면

계절이 쉬지 않고 달린다

봄인가 생각하니
어느새 여름으로 치달았다
붉은 장미 지천으로 피었다

무슨 사연 그리 많아 빨갛게 물들었나
산길 타고 내려온 오월
향기 품은 아카시아 한껏 뽐낸다

브레이크 없는 세월
햇님이 마구 달아난다
허물어진 담장 장미꽃으로 휘감았다

산새들도 또아리 틀고 앉아
식구들을 불러 모은다
낮달이 웃으며 지나가니
고양이 궁둥이 달싹이며 걷는다

찬란하게 비추이는 햇빛
푸르른 오월 가슴에 살포시 담아본다.

싱그러운 5월

인적 끊긴 산비탈엔
저녁노을이 고이 섰다

돌끼리 모여 모여
바람을 마시고 사는 느티나무

성벽의 이끼마다
노을에 몸 기대어

자고나면
수줍은 장미도 피겠지
아! 싱그러운 5월이여.

사철 피는 꽃
- 제라늄꽃을 들여다보며

참 예쁘다
눈을 뜨고 부스스 일어나면
웃으며 반기는 제라늄
네가 있어 행복하다

봄이면 이층 베란다
따사로운 햇살 맞으며
피우는 꽃

시월의 마지막 날
거실로 이사를 온다

사철 피우는 빠알간 제라늄
임 그리워 붉게 피나
정열이 식을 줄 모르는 꽃.

능소화(凌霄花)

임 오시나
스쳐가는 바람소리
능소화는
다소곳 귀 기울이네

몸서리치게 그리워
애 태우는 능소화
이슬 맺힌 물방울
허술한 담장에 누워 있네

사무치는 그리움
흘러가는 저 구름
말이 없구나

행여 오실까
임 보러 우듬지 감고 피어
능소화는
기다림의
혼불 이다.

치자꽃 피던 날

여드레째 오는
장대비 그치니
옛날 길이 없어졌다

오늘 햇님이 얼굴 살짝 내미니
누렇게 타버린 속마음
아지랑이 하품을 한다

배꽃 같은 웃음
하얀 향기
거실로 살짝 디밀어주니

아프면서 피는 꽃
한 평 반 거실에
치자꽃 환하게 웃고 있네

영문도 모른 채
산 위에 걸터앉은 햇살 한 줌
저녁노을 한 광주리
머리에 이고 가네.

살구꽃 피우려고

온몸을 태워 만든 빛
살구꽃 너
봄이면 발그레 핀다

새 생명 탄생시키려
추운 겨울 비바람 속
몸살을 앓는 너

봄 까치 날아와 울면
난실난실 온 동네 환하게
고운 꽃 또 피우겠지.

앞뜰의 살구나무

인고(忍苦)의 세월
만고풍상(萬古風霜) 겪어도
환하게 웃는
등 굽은 살구나무

엄동설한(嚴冬雪寒)에 떨던 몸
꽃비 난실난실

하늘 우러러
마디마디 아픔
외로이 홀로 서서
비바람에도 의연히 서 있네

차가운 흙속 뿌리
누우런 열매 다닥다닥
달달한 그 맛

지붕에 기대
눈썹 달 바라보며
붉은 울음 토해낸다.

민병재 제2시집

장미
눈부시게 핀 날

제 **2** 부

고향의 가을

메뚜기들이 등에 업혀
이리저리 뛰고 있다

내 고향 가을 풍경

가을이 지붕 위에 올라앉았다
웃자란 해바라기 키재기 하잔다

무서리에 시든 풀들
닭들은 깃을 올리고
제 새끼 보호에 신경을 쏟는다

들랑날랑 산바람이 살며시 다녀간다
햇살이 피곤한지 하품을 한다

더부살이 참새들의 수다
무슨 소린지 당췌 모르겠다
지나는 곳곳이 낭만이다

메뚜기들이 등에 업혀
이리저리 뛰고 있다

항아리처럼 빈 가슴
세월이 내 옷자락 잡고
훌렁훌렁 지나가니
웃음이 넘치던 옛집이 그립다.

그리운 내 고향

창살 가득 비춘 달빛
살며시 마실 왔네
전설 같은 내 고향
보름달 밤 달맞이꽃
마당가 분꽃 향기 가득하네

모깃불 피워 놓고
함지박에 보리개떡 담아
게 눈 감추듯 비웠네

노오란 주전자 탁배기 한 사발
하루의 피로 사라지네

우물물에 띄운 농익은 참외
맛있었는데

멀어져 간 내 고향 그리움이
샘처럼 솟아오르네.

가을의 길목에서

가을이 스멀스멀
오고 있다
기별도 안 했는데

한뎃잠 자던
나팔꽃 방긋
피어난다

가을 재촉하는
귀뚜라미 소리

이름 모를 예쁜 새
목이 쉬도록 울다
훌쩍 날아간다.

농부의 풍년가

워낭 소리 쩔렁쩔렁 새벽을 깨운다

이른 조반 가마솥에 소여물 푹 끓여
황소의 되새김질 쇠죽 통 비우고
들로 나간다

이랴 낄낄 쟁기로 논 갈아
썩힌 갈잎 고루 뿌려 허리 굽혀 모 심는다
갈퀴손이 대순가 거머리도 안 두렵다

여름내 봇물 대며 피 뽑고 가꾸니
누우런 벼 이삭 고개 숙였네

농부의 베잠방이 굵은 땀 흠뻑 배어
봇도랑 물에 발 담그니 뼛속까지 시원하다

부엌 댁 이고 온 넓은 광주리 새참
노오란 주전자의 막걸리 한 잔
온 세상이 배부르다.

가을의 징조

온 산이 빨갛게 물들었다
차가운 땅속 속울음 울며
인고(忍苦)의 세월 보냈다

비바람에 씻기고 흔들려
온몸이 아파도
그냥 서서 견딘다

햇살 좋은 어느 날
어렵사리 잎을 피웠다
고통 속에 꽃 피우고

굵은 땀 흘리던 여름은 가고
참새들이 제집인 양 시끄럽다

가을 무희(舞姬)들 얼마나 슬퍼
빨간 옷 입었나

가을이 살금살금 밀려오니
가지의 잎새 대롱대롱 매달려
입술 꽉 깨물지만 떨어지고 만다.

산골의 가을

더위에 구름이
하얗게 벗어졌다
매미들의 긴 가락
귓가에서 멀어졌다

때까치 울던 풀숲
서서히 단풍으로
물들기 시작

머지않아 낙엽은
떨어져 불쏘시개
되겠지

주인도 객도 없는 산골 인심
노적가리 이삭 줍는 노인
주름이 자글자글 하다

품어 안은 산자락
석양이 유난히 붉다.

다시 찾은 내 고향

가을이 이처럼 아름다웠던가
나무들은 예나 지금이나
한 치의 꾸밈도 없이 그 자리에 서 있다

초가을의 정취 가을 냄새 가득하다
들에서 풀을 뜯던 눈이 큰
누우런 소들 다 어디로 갔나

내가 살던 집 울타리엔 풀들만 무성하다
새로 산 고무신이 떨어질까 들고 다니다
잠을 청해도 잠들지 못하는 안방

뒷방 벽에 씹다만 껌 붙여놓고
그 이튿날 다시 떼어 잘강잘강
그 방엔 뽀얀 먼지만 가득하다
재깍재깍 소리 내던 시계는 배가 고파 서 있다

유년시절 추억을 차곡차곡 가슴 속에 접고
복잡한 서울로 향하니
코스모스 가는 허리 흔들며 배웅한다.

가을 길

가녀린 풀잎 휘어지게
떨어질 듯 물방울
투명한 구슬꽃

고요 속 달그림자
하얀 허상 남기고

풀숲 속을 헤집고 다니는
벌레들 간 데 없고

세월을 좇는 망각 속에
단풍들은 오색으로 물들었네

출렁거리는 쪽빛 바다
머언 물결의 욕구

그곳 땅거미 짙은
가을 길로 사라지네.

가을 길을 걸으며

따슨 햇빛 상큼한 가을 하늘
서리 내린 억새풀 서걱거리는 소리
텅 빈 가슴 채워준 알곡의 가을

싱그러운 바람에 일렁이는
알록달록 오색 단풍
시나브로 흩날리는 꽃잎들

노오란 은행잎 쌓인 거리
말없이 걸어본다
황혼이 곱게 지면 배부른 보름달

들바람 불어오니 달빛이 춤을 춘다
가슴 열고 걷는 길 투명한 잎새들

시리도록 차가운 달빛
그냥 그 자리에 머물고 싶네.

낙엽

바람 불지 않아도
떨어지는 낙엽

무너지는 초록 잎
가을 끝자락에서

쓸쓸한 바람은
옷자락에 매달려
가는 아쉬움을 달랜다

겹겹이 쌓인 추억
지난날을 더듬어
살이 깎이고
온몸 짓밟혀도

남아있는 세월
너무 소중해
내 안에 두고 싶다.

낙엽의 눈물

발 동동 구르다
곡예를 하며
툭 떨어진다

바람에 이리저리
외로운 길 짓밟히고
비에 젖은 몸
후줄근하다

아직도 푸른색 띠고
나무에서 내려다보는 잎새

푸른 꿈 다 어디로 갔나
서러운 눈물
빗물 되어 흐른다.

단풍(丹楓)

인고(忍苦)의 세월
벌레들 밥이 되고
사람들 발길에 짓밟힌다

시간이 흐를수록
만고풍상(萬古風霜) 비바람
살점이 떨어지고 깎인다

빠알간 단풍
노오란 은행잎
길가에 뒹구니
지는 노을이 슬피 운다.

내 유년시절(幼年時節)에

무너진 담장 위에
파란 애호박 하나
대롱대롱 매달려 웃고 있다

바깥마당가의 소꿉친구들
보리 까끄래기 모닥불에 구워먹고
입가에 거뭇거뭇 앙괭이를 그렸다

둔덕엔 촘촘히 앉아 있는
크로바 목걸이 예뻤었는데

제비 식솔들은 흙집을 짓고
제 새끼 돌보느라 지지배배

세월의 빛깔이 아직도 파랗다
긴긴해 어두움 내리니
둥근 달 창가에 서성이고 있다.

제 3 부

그곳에 가 보니

조상님 묘 비탈길에
하얀 수국(水菊) 우리를 반긴다

옛날 풍경

삼각산 양떼구름
바람 따라
산지사방(散之四方)
밀서를 보낸다

맑게 흐르던 성북천(城北川)
다시 가본 골짜기엔
검버섯만 덕지덕지

방망이질 또닥또닥
빨래하던 여인들
그 아낙들 어디 갔나

그 옛날
가지 끝에 매달린 날들
먼 산을 붉게 물들이고 있네.

그곳에 가보니

그 날은
유난히
하늘이 마알갛다

조상님 묘 비탈길에
하얀 수국(水菊)
우리를 반긴다

달뿌리 풀
연못 가로 질러
시비(詩碑)를 축하하네

꽃은 지고 없지만
겨울 가고 봄이 오면
하얀 꽃 피우겠지

힘든 삶
살아온 세월 잊고
가슴 가득 부자 되었네.

비운(悲運)에 가신 황후님
– 명성황후(明成皇后)를 기리며

하늘도 울고
땅도 울었습니다

천하를 호령하시던
명성황후(明成皇后)님
영특하심 걸림돌 되어

놈들의 비수(匕首)
참혹하게 찢긴 몸
능현리 자색(紫色) 무지개
비운(悲運)의 먹구름 되었습니다

차라리 이름 없는 꽃이었다면
이름 없는 꽃이었다면
비통(悲痛)한 마음 가눌 길 없어
구름도 울먹이며 흘러갑니다.

※ 이 시(詩)는 여주 능현리 '명성황후 기념관'에 게시되어 있는 글입니다.

유관순 열사
- 삼일운동 100주년

아우내 장터
나라 찾기 위해
외치던 만세소리
온 산천에 퍼졌다

목이 터져라
대한민국만세 부른
유관순 열사

침침한 옥중 무거운 쇠사슬
살을 찢는 심한 고문

잔학(殘虐)한 일인들의 만행
손발톱 다 뽑히고
장 파열로 스러져 간
우리의 애국열사 유관순

가슴팍을 후려치는 고통
비명소리 들리는 듯
피 맺힌 멍 그 충정(忠情)
어찌 잊으리오.

그 옛날 기차

- 의왕 철도박물관에서

철길이 졸고 있는
한낮 오후
지붕 새던
석탄기차
우산 받고 탔었는데

코스모스 피는 언덕
칙칙폭폭
끼익 기적소리 울렸었지

우리의 발 되어주던 기차
지금은 박물관 뜰에
한가로이 서 있네

하얀 연기 뿜어내며
힘차게 달리던 기차
그리움 간직한 채
꿈속에서 다시 달리겠네.

※ 이 시(詩)는 경기도 의왕시 철도박물관에 게시된 글입니다.

석탄기차(石炭汽車)

제 몸 불태우며
달리던 기차
따사로운 햇살아래
손 흔들어 우리를 반기네

지난 날 분단의 아픔
함께 했던 기차
철로 가에 깃발 내리면
설레었던 지난 날

지금은 아련한 추억 속에
그리움만 남았네

철도문화 가득 싣고
역사의 뒤안길에 선
그 기품 장하고 장하도다

활화산(活火山)처럼 불꽃 태우던 기차
기적소리 울리며 달리던
우리들의 보물인 너 영원히 거기 있거라.

※ 이 시(詩)는 경기도 의왕시 철도박물관에 게시된 글입니다.

겨울 풍경

하얀 눈 내리니
흔들리는 잎새
나뭇가지에 매달려

흘러가는 구름
낯 설어 우울하다

고운 햇살 잰 걸음
사라지니 어찌할까

찻잔 속에 빈 공허
서성이는 고독
겹겹이 쌓이는데

해는 서산마루에 지고
옷자락 잡는 세월
어서가자 재촉하네

달빛 어린 창가
세찬 바람
나뭇가지 춤을 춘다.

사철나무

봄여름 가을 겨울
초록 옷 한 벌

창문 열면 발이 시려
두 발 동동 구른다

눈 비 맞아도
추위 이기며
꿋꿋이 살고 싶은 마음

회오리바람 불면
몸부림치다

나는 새 바라보며
슬픔 삼킨다.

벗나무

벗나무
날기를 포기한 지 오래
꿋꿋이 서 있다

발버둥 쳐도 선채로
오도 가도 못한 채
깊이 속마음 묻고 있다

까치는 제집인 양 들고 날고 있다

모진 비바람이
가지 할퀴어도
뿌리는 땅 움켜쥐고
버티고 서 있다

인고(忍苦)의 세월 속에서
꽃을 피웠다

몇 날 핀다고 웃을 수 있나
그냥 꽃 지고 체념하며 서 있다.

민들레

온통 세상을
초록으로 덮은 6월

실바람 나뭇가지 스치고
샛강에 물안개 피는데

길섶의 앙증맞은 민들레
샛노오란 꽃 피워

사람들 발길에
납작하게 밟혀도

소슬바람에 흔들려
땅 짚고 일어선다

고개 들어
목이 쉬도록 울다
먼 하늘 바라본다.

잡초(雜草)

좁다란 길섶
살며시 얼굴 내민 잡초
발길에 짓밟혀

허리 꺾여
비명 지른다

새파랗게 질린 몸

충혈된 눈 비비고
살고픈 몸부림

가슴 비벼대며
다시 또 고개 든다.

밭고랑

잡초 버릇없이 자랐다

조붓한 밭에
꽃 피기를 기다렸다

메마른 땅에 풀포기
자갈 골라
길 밖을 가고 있을까

휘청
힘겨운 고랑 길

드러누운 밭고랑
나를 일으켜 세운다.

민병재 제2시집

장미
눈부시게 핀 날

제 **4** 부

낙산(駱山)에 올라

빛바랜 황혼길
속울음 토해낸다.

내가 좋아하는 공간(1)

창틈으로 스민 봄 햇살
겨울을 저만큼 밀어낸 모습
힘겨워 보인다

옹색한 거실(居室)
갖가지 꽃나무들
파릇한 새싹 기지개 켜며
쏘옥쏘옥 고개 내민다

눈뜨면 반기는 화초들
꽃향기 맡으며
눈을 살며시 감아본다

창밖의 해가
슬슬 넘어갈 무렵
곁가지 떡잎 따주며

내가 좋아하는 공간에
'팰릿'을 피워 준다.

※팰릿: 톱밥난로 연료

내가 좋아하는 공간(2)

날씨가 심술을 부린다
나목(裸木)이 우는 소리
차가웁다

경칩이 지났는데
바람이 거세다

고고한 자태로
거실의 화초는
겨울을 저만치 밀어낸다

빨강 노랑
색색이 피는 꽃

눈뜨면 반기는
풀꽃의 향기

내가 좋아하는
작은 공간.

고물(古物)들의 애환(哀歡)

고물상(古物商)엔
저울도 고물이다

문밖에 버려진 박스
구겨진 책
찌그러진 양은냄비
날개 떨어진 선풍기

리어카에 몸을 기댄 채
고물상으로 간다

이승에서 저승으로
팔려 가면
돌아오지 못하는 그 길

고물들은 제 길을 가
새로운 이름 달고 올 것이다.

성북동(城北洞) 길을 걸으며

상쾌한 아침을 연다
전깃줄에 앉아 있는
참새들

귀도 눈도 입도 없는 들풀
밝은 햇살 눈부시어
숨죽이는 낙엽

상수리 숲
다 떨군 잎새
북악산 명산의 자태

굽잇길에 옛길 돌고 돌아
고택(古宅)의 운치를 더한다

성북동 길
추억 고스란히 담겨
옛 꽃을 피운다.

대문(大門)

철커덕
말 못하는 설음

아야 소리도 못하고
속울음 운다

평생 마르고 닳도록
눈비 맞으며
주인 집 지켜준다

까치는
나무 위에서
날개 짓 하며 즐긴다

나도 저런 날
돌아올까.

길을 나서니

길을 나섰네
여유와 낭만을 찾아
자연의 신비를 찾아

싱그러운 들녘
찬란한 햇빛
눈부시다

파란 망토 위에.
참새 떼가 조잘거린다

푸른 잎으로
나무를 모두 감쌌다

더위에 못 견디는 잎새 잎새들
조롱박 샘물 먹던 날들
마냥 그립다.

빨래줄

춤을 춘다

따사로운 햇살 비추면
무거운 빨래들
나에게 매달려 펄럭인다

햇볕이 내려쬐니
어깨 가벼워진다

온종일 춤추고 나면
아 가벼워진 내 몸.

자전거

페달을 밟는다

낙엽이 곡예하며
떨어지는 길은 끝도 없다

울퉁불퉁 돌부리
오르막길은
숨이 턱에 닿는다

벌 나비도
어두움 내리면
고요히 잠드는 산자락

꼬불꼬불 오솔길
너는 어느 날 쉬어 볼거나.

가로등(街路燈)

어두운 골목길
불을 밝힌다

텅 빈 가슴
외로움 속
늘 혼자다

날 새면 아무짝에도
쓸모없는 몸

새벽이슬 맞으며
언젠가는 떠나겠지

오늘도 쓸쓸히
밤을 지킨다.

정상(頂上)

뛰어보고 날아 봐도
닿지 않는다

해가 뜨고 달이 떠도
발버둥 쳐도
매 한가지

문고리 힘껏
잡아당겨도
열리지 않는다

기다려 봐도
달이 발목 잡아
정상에 오를 수가 없다.

지붕

하늘을 더 가까이 하려
발돋움 한다

아무리 노력해도
멀고 먼 길이다

비가 오나 눈이 오나
늘 바라만 보는 하늘

오늘도 헛고생
마다하지 않고

아득한 날을
바라보며 살고 있네.

진공청소기(眞空淸掃機)

왱 왱 왱
소리 내며 모든 걸
다 빨아들인다

상대방 원망 말고
둥글둥글 사세나

아픈 상처 보듬고
용서하며 살아가세

잠깐 머물다 가는
생(生)인 것을
금 수저 갑(甲)질 마세

진공청소기 되어
다 끌어안으세.

낙산(駱山)에 올라

겨울의 문턱에 들어서니
낙엽이 추워서 움츠린다

푸르름을 뻐기고 있는 노송(老松)
말라가는 나뭇가지

마을을 끌어안은
낮은 산봉우리
소나무 가지 틈새
금빛 햇살

의연히 선 나목들
빛바랜 황혼길
속울음 토해낸다.

낙산(駱山)길을 걸으며

양껏 내렸는지
비가 그쳤다
온 산에 생기가 돋는다

민들레 노란 꽃
단박에 피었다

이름 모를 꽃들도
서두르며 울긋불긋 피었다

노을이 산에 올라앉았다
파란 잎새들
수런거린다

소나무 잔가지들
실바람에 흔들리며
손짓한다
쉬어가라고.

민병재 제2시집

장미
눈부시게 핀 날

제 5 부

거실(居室)에 핀 꽃을 보며

태동(胎動)이란 언제나 신비한 것
예쁜 마음 툭툭 피어오른다

질마재 길(1)
– 미당선생을 기리며

오월의 산자락
해마다 피고 지는
빠알간 장미
반색을 한다

임의 숨결 살아 숨 쉬던 곳
잔잔한 물결 이루던 곳
아직도 그 음성 들리는 듯

한 생전 쓰셨던
빛나는 시어(詩語)들
가슴속에 쟁여 넣고
마음속에 새겨 넣고

비탈길 산모퉁이 낮게 엎드린 능선

숨결 들으며
가만가만
질마재 길을 내려온다.

질마재 길(2)

아침 햇살
청자(靑紫)빛 하늘
더욱 파랗다

나지막한 산길
풀잎이 파들거리는 소리

꽃들은 몹시 서두르며
가을을 끌어당긴다
입을 꼭 다문 꽃망울

끊어질 듯 이어지는 질마재 길
노오란 국화꽃
지천으로 피었다

까치들 반가운 마중
연두색 구름
덩달아 웃으며 지나간다.

물 위로 떠오른 세월호(歲月號)

세월호란 글자가 지워졌다

바위 아래 머리 찔러 넣고
옆으로 누웠던 세월호

물 위로 떠오른 참혹한 모습
또 한 번 눈물을 쏟았다

울컥 목 메인 모정(母情)
애타게 기다린
천 칠십오 일

하늘도 슬퍼
노오란 리본이 떴다

뜬 눈으로 밤새며
간절히 기도한 그 열기
오늘 파란 모습으로
물 위에 떴다.

가는 세월

잿빛 하늘
무겁게 내려앉았다

해가 소슬소슬
넘어가기 시작한다

잎새는 다 떨어지고
삭정이만 남은 나목(裸木)

꽃향기
점점 줄어들고 있다

사위듯
허물어져 가는 인생

청솔 그늘 아래
폭 패인 골짜기

그 시절
지나온 세월
노을이 길게 뻗었네.

세월이 가니

동트는 아침이 반짝인다

하늘이 말짱하다

파란 새잎 돋아나듯
언덕배기 솔 향 가득하다

우묵한 늪엔
뼛속까지 시린 물
아지랑이 하품을 한다

웃음소리 담장을 넘는데

고단한 삶
세월이 쉬지 않고
달리고 달려

홍옥(紅玉) 같던 내 얼굴
잔주름이 누워 있다.

그늘

초록빛 여름은
시원한 나무그늘

남편의 그늘은
울타리 그늘

어머니의 젖무덤 그늘은
가슴속 큰 그늘일세.

말(馬)의 고뇌(苦惱)

칼바람 귓바퀴를 갈겨도
파도소리 들으며 슬픔 삭인다

드러눕지 못하고
평생 서서 잠자는 너
가마 솥 더위에도
물 폭탄 빗속에도
기적은 일어나지 않는다

북풍한설(北風寒雪)
허허벌판에서
날아가는 새가 부러워
바라만 본다

오랜 세월
고뇌(苦惱)를 되씹으며 살아가는 삶

뼈에 시린 밤
어두움 내리니
달빛도 서러워
그곳에 머무네.

고향의 칠월

돌맹이가 제멋대로 굴러다니던
먼 옛날의 고향
흙냄새 잠조롬히 이는 텃밭
늙은 호박 배 불룩하게 앉아 있네

뒤 곁의 봉숭아 맨드라미
곱게 피었었는데
무동 타고 따먹던 새콤한 오야주
도마도 발그레 알알이 달렸네

쫀득한 옥수수 소쿠리에 가득
자줏빛 감자
마당가에서 한가로이
낮잠을 즐기네

샛노란 해바라기 토담집 지키고
철없는 코스모스 홀로 피었네
어두움 내리니 까치는 등걸잠 자고
과일 익는 소리에 칠월이 가네.

느티나무 그늘
– 미수(米壽)를 맞는 월천선생(月川先生)님께

더 이상 넓을 수 없습니다
그 품에 우리를 감싸 안으셨습니다

일상(日常)의 강의(講義) 즐겁고
황혼(黃昏)의 미수(米壽)
영일만을 바라보며
우리 가슴 일렁이게 하십니다

맑은 물 퍼내어도
퍼내어도 마르지 않는 스승님

찻잔 속의 공허(空虛)
채워주시는 큰 스승님
계절이 바뀌어도
떨어지지 않는 잎새
세월이 옷자락 잡고 가자해도
파란 새잎 돋는 소리

푸른 초원 가꾸어
우리의 그늘 만들어 주시는
큰 느티나무 이십니다.

농다리(農橋)

구름 한 점 없는 쪽빛 하늘
여인의 효심 자극하여
놓아진 다리

천년의 숨결이
긴 세월 보낸
지네 모양의 긴 다리
기이하도다

나라 변고(變故) 생기면
운다는 다리
흐르는 물 여전한데
임 장군 보이지 않네

사력(沙礫) 암질(巖質)의 붉은색 돌
돌 나르던 말이 쓰러진 물가에는
피라미가 한가로이 노닌다

지혜로운 선조들의 넋이 어린 곳
지는 노을이 곱다.

독도(獨島)

피울음 토한다

검푸른 바다
거센 파도에 부딪혀
몰아쉬는 가쁜 숨

비구름 몰고 와 쏟아 붓고
가슴팍을 때린다

흔적 없는 발자취
넘실넘실
먹구름 허망한 시간

갈매기 돌며돌며
파도 보듬는다
먼동 트는 그날
그날이.

거실(居室)에 핀 꽃을 보며

창가에 쏟아지는 햇살
봄내음 가득

꽃술의 은은한 향 누가 알까
살아 움직이는 소리

태동(胎動)이란 언제나 신비한 것
예쁜 마음 툭툭 피어오른다

꽃바구니 봄도 함께
담고 가자하네

옹색한 거실 한 켠
노오란 봄꽃 웃음소리
수북수북 쌓인다.

개미와 새

살구가 노오랗게 익었다
땅으로 다이빙 한다

개미떼 단 냄새에
까맣게 모였다

참새 떼들도
짹 짹 짹 조잘조잘

눈동자를 굴리며
온 식구 모두 모여
따스한 정을 나눈다.

제 **6** 부

풍년(豊年)을 바라보며

농부의 입이
귀에 걸렸네.

어머니의 칼국수

해마다 이맘때면
베적삼에 땀 닦으며
홍두깨로 밀던 어머니의 칼국수

파아란 애호박 채 썰어
풋고추 양념간장 조물조물
맛있었는데

그때 그 어머니
하늘나라에만
계시옵니까

가마 솥 더위
오순도순 둘러앉아

후후 불며 먹던 생각
그리움이 샘솟네요.

어머니 그 사랑

떠가는 구름조각 바라보며
주름진 어머니 얼굴 눈에 어렸네

떨어지지 않는 발길 뒤돌아보며
눈물 훔치던 그 산길

풀포기 헤치며
후미진 골짜기 친정 가는 길

텃밭에는 호미만 동그마니 놓여
가슴을 시리게 하네

푸성귀 뽑아
차에 실어주던 그 어머니
발길 돌리시던 그 어머니
눈에 어리네

돌아서서
눈물 닦으시던 어머니
다시 보고 싶네.

그 모습 떠올리며

하얀 오이씨 버선
살며시 방문 여시던 어머니

안방 문창호지
코스모스 꽃
환하게 바르시던 어머니

어두움 내리면 삽작문 지치고
등잔불 그을음 마시며

할아버지 바지저고리
꿰매시던 어머니

까만 머리 옥비녀
동백기름 자르르

그 모습 떠올리니
조롱조롱 이슬이 맺힙니다.

풍년(豊年)을 바라보며

온종일 내리던
비 그치니
청자 빛 하늘
웃으며 떠오른다

길섶의 옥수수
바람에 춤추고
보랏빛 감자 꽃
기지개 켜네

논배미에
지악스레 자란 잡초
뽑고 또 뽑아

막걸리 한잔에
들판 바라보는

농부의 입이
귀에 걸렸네.

개울물

졸졸졸
악보 없는 노래
언제나 똑같은 소리다

흐르고 흘러도
고이지 않는다

입 앙 다물고
함께 모여 살려 하지만
헛수고만 한다

그냥 흘러가야지
별 수가 없어
멀어지더라.

강물

흐르기만 한다

물새가 되어
날아갈 수 있을까

늘 그날이 그날이다

나는 왜 아래로만
흘러가야 하는가

바위에 앉아
들꽃을 본다

기슭에 올라
풀잎이 되고 싶다.

비비추

하늘이 눈썹을 찌푸리게 한다

날씨가 펄펄 끓으니
비비추가 누렇게 떴다

한겨울에도 얼어 죽지 않는
비비추
타들어가는 파란 잎새

선 채로 하늘 쳐다보면
이글대는 저 햇빛
밭고랑 헉헉 숨이 막힌다

달구어진 거리
비비추가 꾸벅꾸벅

삶은 호박처럼 데워진 비비추
부신 눈 떠 인간들 원망한다
짓고 받는 거라고.

어머니 생각

찬바람 속
고뿔이 심하니
어머니 생각 나네요

새벽닭 홰치는 소리
등잔불 밑에
골무 끼고
바느질 하시던
어머니

솜바지 꿰매시다
바늘에 찔려
솟는 피
앞치마에 닦으시던
어머니

콜록대는 막내딸
파뿌리 삶아 먹이고
목화솜 이불
덮어주시던 어머니
어머니.

다슬기

통째로 집을 짓고
엉금엉금 기어
먼 길 돌아 돌아간다

엎드려 가고
고향을 떠나
제 몸 숨기고 있는 다슬기

오도 가도 못하고
하늘만 바라본다

낮은 데로 낮은 데로
겸손하게 살아가는
다슬기.

개망초

천한 이름으로
논두렁 밭두렁
어디서든 피어 있는 개망초

하얀 드레스
웃음 벙글거려
가녀린 허리 한들한들

무리지어 핀 개망초
한 더위에 사분사분
눈길 한번 안줘도
옷매무새 다독인다

두 해 살이 짧은 삶이지만
제 목숨 끝까지 유지한다.

질경이

길가의 질경이
나에겐 왜 날개가 없을까
도랑물은 흘러 흘러가는데
사람들 발길에 짓밟혀도
다시 고개 들고 눈 뜬다

뒤집기라도 하면 좋으련만
몽환적(夢幻的) 감상(感想)
헛발질만 자꾸 한다

뒷짐 지고 구경하는 낮달이 미워
차라리 둠벙에 빠지고 싶다

오늘도 오가지 못하는데
봄날은 잰 걸음으로 저만치 가버렸다

날고 싶어도 문지방도 못 넘고
제자리에 주저앉았다

평생 제자리만 지키는 질경이
속울음 삼키며 하얀 밤을 지새운다.

햇보리 밥

햇볕이 쨍쨍 내려쬐는
한여름
보리밥 먹던 생각
군침이 돈다

절구에 댓겨 지은 햇보리 밥
뚝배기의 된장찌개
고추장에 열무김치
맛있었는데

둥근 상에 둘러앉아
노란 양푼에 썩썩 비벼
먹던 햇보리 밥
여름 되니 그립다.

다리미

아무짝에도 쓸 데 없는
숯불 다리미

뒷방 구석
다듬잇돌 위에 앉아
얽은 맷돌 바라본다

고부(姑婦)가 마주 잡고
숯불 다리미로
반들반들 대렸었는데

세탁소 빨래방 생기니
녹슨 다리미 쓸모 없네

어두운 방구석에 홀로 앉아
외로움 달랜다.

큰 나무의 아픔

왱왱왱 왜앵

가로수 잎새
새파랗게 질렸다

작열하는 태양 아래
동강나
패대기쳐진 나무

햇살 한 웅큼 넘어가니
질척이는 한 밤
새떼들이 집을 잃었다

관솔불이나
밝혀주면 좋으련만

상처뿐인 큰 나무
어두움 깔고 누워 있네.

봄이 오면

봄은 혼자 오지 않는다. 꽃소식을 몰고 온다.

계절은 봄이지만, 아직도 추운데 무수한 생명들이 푸른 머리 풀어 바람에 흔들리며 꿈틀댄다.

봄이 오면, 진달래꽃 온산을 붉게 물들이겠지. 매화의 그윽한 향기는 추우면 추울수록 더 잔한 향기를 뿜어낸다. 새싹들이 어두운 땅속에서 무거운 돌부리 헤치고 벙거지 쓰고 나온다. 싱그러운 들꽃을 스치고 지나가는 봄, 안개구름이 산기슭에 머문다. 파아란 쑥들이 삐죽이 얼굴을 내밀고, 앞산의 벚꽃들이 봉오리를 터뜨린다. 산모퉁이의 오막살이집에서 봄나물 데치는 냄새가 향기롭다. 파아란 공기에 이름 모를 들녘, 하루해가 봄과 같이 의자에 앉아 쉬었다 간다.

나무들이 연둣빛 새 잎을 달고, 먼 산 바라보며 우두커니 서 있다. 야들야들한 찔레 순 꺾어 먹던 그 언덕, 언 가슴 녹여주는 실개천 흐르는 소리, 흘러가는 구름까지 멈추게 한다. 머지않아 예쁜 꽃들이 피겠지?

고만고만한 산들, 함께 묶어 그림으로 그렸으면 좋겠다.

생활 속 밝은 지혜, 알찬 시

李 姓 敎

(시인.문학박사.성신여대 명예교수)

1. 자연친근의식과 그 펼쳐진 계절 감각

자연은 우리 곁에서 늘 살아 숨 쉬고 우리를 즐겁게 해주고 생활을 윤택케 해주고 있다. 그러므로 우리가 살고 있는 동안 자연을 떠날 수 없는 만큼 가까이 하고 있다.

여기에서 친근 의식이 생긴다. 앞에서도 얘기했지만, 그가 도시로 나오기 전까지는 그가 속해 있던 농촌에서 자연이 감싸주는 울타리에서 행복하게 지냈다. 이런 의식이 늘 머릿속에 남아 생활 속에 작용하고 있다.

온 몸을 태워 만든 빛
살구꽃 너
봄이면 발그레 핀다

새 생명 탄생시키려
추운 겨울 비바람 속
몸살을 앓는 너

봄까치 날아와 울면
난실난실 온 동네 환하게
고운 꽃 또 피우겠지

— '살구꽃 피우려고' 전문

따슨 햇빛 상큼한 가을 하늘
서리 내린 억새풀 서걱거리는 소리
텅 빈 가슴 채워준 알곡의 가을

싱그러운 바람에 일렁이는
알록달록 오색 단풍
시나브로 흩날리는 꽃잎들

노오란 은행 잎 쌓인 거리
말없이 걸어본다
황혼이 곱게 지면 배부른 보름달

들바람 불어오니 달빛이 춤을 춘다
가슴 열고 걷는 길 투명한 잎새들

시리도록 차가운 달빛
그냥 그 자리에 머물고 싶네

여기에서 보는 계절 감각이 그것을 잘 나타내고 있다. <살구꽃>의 이미지 - <온몸을 태워 만든 빛 / 살구꽃 너 / 봄이면 발그레 핀다 // 봄까치 날아와 울면 / 난실난실 온 동네 환하게 / 고운 꽃 또 피우겠지>.

<가을 길>의 이미지 - <싱그러운 바람에 일렁이는 / 알록달록 오색 단풍 / 시나브로 흩날리는 꽃잎들 // 노오란 은행 잎 쌓인 거리 / 말없이 걸어본다 // 황혼이 곱게 지면 / 배부른 보름달 // 들바람 불어오니 / 달빛이 춤을 춘다>.

이 두 시에서 계절의 움직임을 부드럽게 묘사하고 있다. 이런 자연 친근 의식으로 계절의 노래가 유난히 많다.

이 두 시 이외 평소 생활 속에서도 계절의 시가 많다. 봄의 노래로 <새봄> <봄을 기다리는 나무> <봄이 피는 소리> <다가오는 봄>, 여름의 노래로 <오월이 오면> <싱그러운 5월> <장미 눈부시게 핀 날>, 가을의 노래로 <가을의 징조> <가을의 길목에서> 가을 길> <가을 풍경> <낙엽>, 겨울의 노래로 <겨울 풍경> 등이 그것이다.

이 계절과 함께 꽃을 노래한 시도 여러 편 있다. 그 중에 두드러지게 노래한 것이 <살구꽃> <장미꽃> <치자꽃> <능소화> <제라늄꽃> 등이다.

참 예쁘다
눈을 뜨고 부스스 일어나면

웃으며 반기는 제라늄
네가 있어 행복하다

봄이면 이층 베란다
따사로운 햇살 맞으며
피우는 꽃

시월의 마지막 날
거실로 이사를 온다

사철 피우는 빠알간 제라늄
임 그리워 붉게 피나
정열이 식을 줄 모르는 꽃

— '사철 피는 꽃' 전문

눈부신 오월
산기슭 양지쪽
붉은 장미 지천으로 피었네

임 그리워 붉게 물들었나
송이송이
물결 이루고

다발다발 꽃피우려
찬바람 견디며

산고(産苦) 끝에 꽃피웠네

누구를 기다리는지
긴 목 내밀고
울 너머 바라보네

맑은 햇살 아래
묻어나는 꽃내음
온통 천지가 향기롭네

— '장미 눈부시게 핀 날' 전문

　앞의 시는 '사철 피는 꽃' <제라늄꽃>을 지칭하고 있다. '양아욱꽃'이라고들 하는데, 본문에 있는 내용 그대로 사철에 피는 꽃이다. 이 꽃의 꽃말은 '당신이 있어 행복하다' 라는 것인데, 그것이 제1연 <참 예쁘다 / 눈을 뜨고 부스스 일어나면 / 웃으며 반기는 제라늄>과 4연 <사철 피우는 빠알간 제라늄 / 임 그리워 붉게 피나 / 정열이 식을 줄 모르는 꽃> 으로 노래하고 있다. 그래서 행복을 뜻하는 꽃으로 늘 평화롭게 지내고 있음을 시사하고 있다.

　뒤의 시 역시 꽃의 화사한 밝은 이미지를 던져주고 있다. 산기슭 양지쪽에 지천으로 핀 장미꽃을 표현하여 <임 그리워 붉게 물들었나 / 송이송이 / 물결 이루고// 누구를 기다리는지 / 긴 목 내밀고 / 울 너머 바라보네> 라고 노래했다.

　특히 새 세상의 소망 봄의 상징인 꽃을 두고 노래한데서 많이 찾아볼 수 있다.

2. 고향의 밝은 시

이 자연을 배경으로 한 시는 자연의 아름다움을 잔뜩 간직하고
있는 고향에서 많이 찾아볼 수 있다.

창살 가득 비춘 달빛
살며시 마실 왔네
전설 같은 내 고향
보름달 밤 달맞이꽃
마당가 분꽃 향기 가득하네

모깃불 피워 놓고
함지박 보리개떡 담아
게 눈 감추듯 비웠네

노오란 주전자 탁배기 한 사발
하루의 피로 사라지네

우물물에 띄운 농익은 참외
맛있었는데

멀어져간 내 고향 그리움이
샘처럼 솟아오르네

― '그리운 내 고향' 전문

고향은 누구에게나 좋은 곳, 아름다운 곳이다. 어머니 품속과 같은 곳이다. 고향에서 쭉 사는 사람은 별문제가 없지만, 떠나 살 때는 늘 동경이 되는 곳, 위로받는 곳이다. 여기에서 심리적으로 고향 그리움의 향수심(鄕愁心)이 생긴다. 특히 감성이 풍부하고 정서가 남다른 시인들에게 있어서는 고향을 생각하는 향수(鄕愁)가 큰 것이다.

앞의 시는 떠나온 사람, 실향민의 감성이 그대로 눈으로 보는 듯 잘 나타나 있다. 첫 대문에서 고향 그리움의 주제를 달빛으로 하여 마실 왔다고 은유했다. 2연 <모깃불 피워 놓고 / 함지박 보리개떡 담아 / 게 눈 감추듯 비웠네? 로 그 정경을 늘어놓고 있다.

그 옛날의 고향, 계절 따라 펼쳐지는 그 정경을 다른 시에서 더 소상히 제시해 주고 있다.

○ '고향의 7월' –
「돌맹이가 제멋대로 굴러다니던 / 먼 날의 고향 / 흙냄새 잠조롬히 이는 텃밭 / 늙은 호박 배 불룩하게 앉아있네 // 뒤곁에는 봉숭아 맨드라미 / 곱게 피었었는데 / 무동타고 따먹던 새콤한 오야주 / 도마도 발그레 알알이 달렸네(이하 약)」

○ '내 고향 가을 풍경' –
「가을이 지붕위에 올라앉았다 / 웃자란 해바라기 키 재기 하잔다 // 무서리에 시든 풀들 / 닭들은 깃을 올리고 / 제 새끼 보호에 신경을 쏟는다 / 들랑날랑 산바람이 살며시 다녀간다 / 수런수런 노오란 꽃들이 밀서를 보낸다(이하 약)」

　이러한 자연 친근 의식으로 그는 늘 생활에서 밝음을 떠 올리고 있다. 이러한 철학으로 그의 사고방식은 늘 긍정적이며 창조적이다. 그래서 그가 조망하고 있는 세계는 늘 밝고 풍성하다. 그러한 세계를 다음 시에서 잘 볼 수 있다.

I

워낭 소리 쩔렁쩔렁 새벽을 깨운다

이른 조반 가마솥에 소여물 푹 끓여
황소의 되새김질 쇠죽통 비우고
들로 나갔다

이랴 낄낄 쟁기로 논 갈아
썩힌 갈잎 고루 뿌려 허리 굽혀 모 심는다
갈퀴손이 대순가 거머리도 안 두렵다

2

여름내 봇물 대어 피 뽑고 가꾸니
누우런 벼 이삭 고개 숙였네

농부의 베잠방이 굵은 땀 흠뻑 배어
봇도랑물 밤 담그니 뼛속까지 시원하다

부엌 댁 이고 온 넓은 광주리 새참
노오란 주전자의 막걸리 한잔
온 세상이 배가 부르다

— '농부의 풍년가' 전문

산골마을 농부의 생활을 실감 있게 그렸다. 앞 대목에서는 농부의 첫 기동 <워낭 소리 쩔렁쩔렁 / 새벽을 깨운다> 로 시작해서 일하는 모습 <이랴 낄낄 쟁기로 논 갈아 / 썩힌 갈잎 고루 뿌려 / 허리 굽혀 모 심는다 / 갈퀴손이 대순가 / 거머리도 안 두렵다> 로 그 생활을 그리고 있다.

특히 끝 대목 마지막 연에서 <부엌댁 이고 온 / 넓은 광주리 새참 / 노오란 주전자의 / 막걸리 한잔 / 온 세상이 배가 부르다> 는 압권이다.

일하는 농부의 생활을 잘 그렸다. 어쩌면 이 노래를 통해서 그의 밝은 생활의 정신을 찾을 수 있다.

3. 생활 속 밝은 지혜, 알찬 시

민병재 시인은 어릴 때 농촌생활에서 비교적 경제적으로 부유한 가운데 밝게 생활했다고 그의 생활고백에서 밝힌 바 있다. 그의 생활 터전을 시골에서 서울로 옮긴 그 환경에서도 그의 정신은 항상 밝았다. 그래서 그의 시(詩)는 항상 밝은 빛 같은 것이 스며있었다.

그 날은
유난히
하늘이 마알갛다

조상님 묘 비탈길에
하얀 수국(水菊)
우리를 반긴다

달뿌리풀
연못 가로 질러
시비(詩碑)를 축하하네

꽃은 지고 없지만
겨울 가고 봄이 오면
하얀 꽃 피우겠지

힘든 삶
살아온 세월 잊고
가슴 가득 부자 되었네

—'그곳에 가보니' 전문

이 시(詩)는 그의 시비(詩碑)가 세워져 있는 경기도 여주 문중에서 조성한 영덕원(永德園)에 가서 느낀 소회를 감동 깊게 쓴 시다. <조상님 묘 비탈길에 // 하얀 수국 / 우리를 반긴다 // 달뿌리풀 / 연못 가로 질러 / 시비를 축하하네 // 꽃은 지고 없지만 / 겨울 가고 봄이 오면 / 하연 꽃 피우겠지 >에서 보인 <하얀 꽃>은 화자의 큰 보람이다. 힘든 삶 속에서도 이것을 바라 가슴 펴고 사는 것이다.

그의 인생관이 밝은지라 그 사물에 존재해 있는 본질을 파악함에 있어서도 속이 깊었고 진지했다. 특별히 그에게서 특이하게 보인 것은 사물의 도리나 이치를 잘 분별하는 슬기 그 능력이 항상 안개처럼 깔려 이러한 슬기로 그의 시는 보통 시인과 달리 돋보이고 있었다.

그것은 특별한 사고, 그것을 표현하는 이미지 형성이었다. 그것의 좋은 예를 몇 작품에서 볼 수 있다.

○ <가을이 스멀스멀 / 오고 있다 // 기별도 안 했는데 // 한뎃잠 자던 / 나팔꽃 방긋 / 피어난다 – '가을의 길목에서'>

○ <삼각산 양떼구름 / 바람 따라 / 산지사방 밀서를 보낸다 // 그 옛날 / 가지 끝에 매달린 날들 / 먼 산을 붉게 물들이고 있네 – '옛날 풍경' 에서>

○ <선채로 건디어 내는 아픔 / 훌쩍 지나간 세월 / 초록 잎 틔우던 그날들 / 텅빈 외로움 – '봄을 기다리는 나무'애서>

○ <낮달이 웃으며 지나가니 / 고양이 궁둥이 / 달싹이며 걷는다
'오월이 오면'에서>

○ <이승에서 저승으로 / 팔려 가면 /돌아오지 못하는 그 길 // 고
물들은 제 길을 가 / 새로운 이름 달고 올 것이다 – '고물들의
애환'에서>

이런 표현들에서 그의 남다른 사고, 지혜를 발견할 수 있다.
시 창작에서뿐만 아니라 그의 실생활에서도 밝은 슬기가 서렸
음을 잘 알 수 있다. 그는 일상 평범한 생활 속 가까이 보는 사물
에서도 재미있게 시화할 수 있었다 그 대표적인 것을 몇 작품에
서 잘 볼 수 있다.

작품 <대문>에서 <철커더 말 못하는 설임 / 아야 소리도 못하
고 / 속울음 운다 // 평생 마르고 닳도록 / 눈비 맞으며 / 주인집
지켜준다>

<빨랫줄>에서 <춤을 춘다 // 따사로운 햇살 비추면 / 무거운 빨
래들 / 나에게 매달려 펄럭인다 // 햇볕이 내려쬐니 / 어깨 가벼
워진다>

<자전거>에서 <페달을 밟는다 // 낙엽이 곡예하며 / 떨어지는
길은 끝도 없다 // 울퉁불퉁 돌부리 / 오르막길은 / 숨이 턱에 닿
는다>

<지붕>에서 <하늘을 더 가까이 하려 / 발돋움 한다 // 아무리
노력해도 /멀고 먼 길이다 // 비가 오나 눈이 오나 /늘 바라만 보
는 하늘> – 같은 표현은 독특하다. 나타내고자 하는 주제를 적절

한 비유로 잘 표현한 것은 그의 지혜와 명철 탓이다.

그의 생활가운데 또 한 가지 지혜를 잘 다스려 살고 있는 모습은 가까운 산을 찾아 사색을 즐기고 있었다는 점이다. <낙산에 올라> <낙산길을 걸으며> - 이 두 시에서 그것을 잘 볼 수 있다.

양껏 내렸는지
비가 그쳤다
온산에 생기가 돋는다

민들레 노란 꽃
단박에 피었다

이름 모를 꽃들도
서두르며 울긋불긋 피었다

노을이 산에 올라앉았다
파란 잎새들
수런거린다

소나무 잔가지들
실바람에 흔들리며
손짓한다
쉬어가라고

— '낙산 길을 걸으며' 전문

겨울의 문턱에 들어서니
낙엽이 추워서 움츠린다

푸르름을
뻐기고 있는 노송나무
말라가는 나뭇가지

마을을 끌어안은
낮은 산봉우리
소나무 가지 틈새
금빛 햇살

의연히 선 나목들
빛바랜 황혼길
속울음 토해낸다

— '낙산에 올라' 전문

이 낙산은 동리 사람들 시간이 있으면 자주 올라 노는 곳이다. 집에서 멀리 안 떨어져 있기 때문에 아침저녁 늘 바라보는 휴식처다.

첫 번째 시는 글 제목 그대로 낙산에 올라 산책하는 마음을 적었다. 비온 뒤 온 산에 생기가 넘친 모습을 스스럼없이 그렸다. <민들레 노란 꽃 / 단박에 피었다 // 노을이 산에 올라앉았다 / 파란 잎새들 / 수런거린다 // 소나무 잔가지들 / 실바람에 흔들리며 / 손짓한다 / 쉬어가라고>

이와 같이 그의 남다른 지혜는 시작생활(詩作生活) 뿐만 아니라, 일상생활에서도 밝음을 더하고 있다. 이러한 지혜와 긍정적인 마음가짐으로 늘 정신의 풍요를 바라고 있다.

4. 섬김의 사랑과 역사의 시

이때까지 그는 안정된 바탕(순수 서정시)에서 시를 쭉 써오다가 삶의 변화에서 조금씩 다른 색채를 보여주기도 했다. 그것이 조상 섬김, 역사의식이 깃든 시였다. 이것을 좋게 얘기하면, 시 무대의 확대라고 할까, 먼저 인륜 차원에서 부모에 대한 효심이 컸던 것이다. 부모를 잘 섬김에서 행복이 옴을 알았다.

하얀 오이씨 버선
살며시 방문 여시던 어머니

안방 문
창호지의 코스모스 꽃
환하게 바르시던 어머니

어두움 내리면
삽짝문 지치고
등잔불 그을음 마시며
할아버지 바지저고리
꿰매시던 어머니

까만 머리 옥비녀

동백기름 자르르

그 모습 떠올리니
조롱조롱 이슬이 맺힙니다

― '그 모습 떠올리며' 전문

떠가는 구름조각 바라보며
주름진 어머니 얼굴
눈에 어렸네

떨어지지 않는 발길
뒤돌아보며
눈물 훔치던 그 산길

풀포기 헤치며
후미진 골짜기
친정 가는 길
텃밭에는
호미만 동그마니 놓여
가슴을 시리게 했네

푸성귀 뽑아
차에 실어주던 그 어머니
발길 돌리시던 그 어머니
눈에 어리네

돌아서서
눈물 닦으시던 어머니
다시 보고 싶네

— '어머니 그 사랑' 전문

이 두 시 다 어머니의 끝없는 사랑을 노래하고 있다. 앞의 시에서는 어머니의 깨끗하고 아름다운 모습을 하나하나 드러내고 있다. <하얀 오이씨 버선 / 살며시 방문 여시던 어머니 // 어두움 내리면 / 삽짝문 지치고 / 등잔불 그을음 마시며 / 할아버지 바지저고리 / 꿰매시던 어머니>, 뒤의 시에서는 항상 가슴속에 남아있는 어머니 사랑을 눈물겹게 그렸다. <떠가는 구름조각 바라보며 / 주름진 어머니 얼굴 / 눈에 어렸네 // 떨어지지 않는 발길 / 뒤돌아보며 / 눈물 훔치던 그 산길 // 돌아서서 / 눈물 닦으시던 어머니 / 다시 보고 싶네>.

이 두 시에서 보듯 부모님이 살아있을 때 그 사랑을 잘 모르다가 막상 돌아가신 다음에는 후회가 구름처럼 인다. 그래서 첫 시에서는 <그 모습 떠올리니 / 조롱조롱 이슬이 맺힙니다>라고 했고, 그 다음 시에서는 <돌아서서 / 눈물 닦으시던 어머니 / 다시 보고 싶네>라고 토로했다.

그 다음 사회의식, 민족의식을 시에 많이 꽃피운 것이다. 시가 담당해야 할 효능을 생각할 때 눈을 크게 돌리는 것도 좋은 일이다. 역사로 볼 때 시인들도 사회에 참여하여 큰일을 한 것도 많이 보아왔다.

이번 시집에서 특이하게 보는 <비운에 가신 황후님>과 <순국의 꽃 유관순>이 그런 의식에서 쓰여진 것이다.

하늘도 울고
땅도 울었습니다

천하를 호령하시던
명성황후(明成皇后)님
영특하심 걸림돌 되어

농들의 비수(匕首)
참혹하게 찢긴 몸
능현리 자색(紫色) 무지개
비운(悲運)의 먹구름 되었습니다

차라리 이름 없는 꽃이었다면
이름 없는 꽃이었다면
비통(悲痛)한 마음 가눌 길 없어
구름도 울먹이며 흘러갑니다

— '비운에 가신 황후님' 전문

이 시는 나라가 어지럽던 구한말 고종 때 나라를 끝까지 지키던 명성황후가 잔학한 일제에 의하여 무참히 살해된 사건을 시로 보여준 것이다. 그래서 <하늘도 울고 / 땅도 울었습니다>로 슬픈 감회를 나타내었다.

명성황후를 기린 슬픔에 찬 시는 오늘 그의 생가와 기념관에 게시되어 있어 보는 이로 하여금 눈물을 자아내게 하고 있다.

이런 역사인식을 돋구는 시는 4년 전 <삼군부 총무당>이라는 이름으로 지어져 오늘 문화재의 승인을 받아 성북구 삼선공원에 선보이고 있다. 한층 더 문화재 사랑과 아울러 민족의식을 고취해주고 있다.

이상으로 그의 시 세계를 살펴본 결과 주어진 생활에서 향기나는 인생생활의 좋은 시를 쓰고 있음이 잘 드러났다.

특별히 옛 고향생활에서 얻어진 '자연친근의식'으로 늘 생활 속 밝은 시를 쓰고 있다.

장미 눈부시게 핀 날

초판인쇄 2019년 8월 25일 초판발행 2019년 8월 30일

지은이   민병재
펴낸이   장현경 펴낸곳 엘리트출판사
등록일   2013년 2월 22일 제2013-10호

서울특별시 광진구 긴고랑로15길 11 (중곡동)
전화 010-5338-7925
E-mail : wedgus@hanmail.net

정가 10,000원

ISBN 979-11-87573-18-0 03810